［美］伯吉斯◎著

叶红婷◎译

伯吉斯动物童话系列

西风老妈妈
和小动物们

花山文艺出版社

图书在版编目（CIP）数据

西风老妈妈和小动物们 / （美）伯吉斯著；叶红婷译.
-- 石家庄：花山文艺出版社，2018.4
ISBN 978-7-5511-3916-8

Ⅰ.①西… Ⅱ.①伯… ②叶… Ⅲ.①童话—美国—
现代 Ⅳ.① I712.88

中国版本图书馆 CIP 数据核字 (2018) 第 065585 号

书　　名：**西风老妈妈和小动物们**
著　　者：[美] 伯吉斯
译　　者：叶红婷

责任编辑：杨丽英
责任校对：齐　欣
美术编辑：胡彤亮
出版发行：花山文艺出版社（邮政编码：050061）
　　　　　（河北省石家庄市友谊大街 330 号）
销售热线：0311-88643221/29/31/32/26
传　　真：0311-88643225
印　　刷：北京旭丰源印刷技术有限公司
经　　销：新华书店
开　　本：880×1230　1/32
印　　张：4
字　　数：100 千字
版　　次：2018 年 7 月第 1 版
　　　　　2018 年 7 月第 1 次印刷
书　　号：ISBN 978-7-5511-3916-8
定　　价：28.00 元

目录

红翼太太的斑点蛋

清晨，西风老妈妈沐浴着金色的阳光从紫山坡上走下来。她的肩膀上挂着一个袋子，一个很大很大的袋子，袋子里全都是西风老妈妈的孩子，开心小清风们。

西风老妈妈从紫山坡上下来，走到青草地上。她一边走一边轻声哼唱着一首歌儿：

"大海上的船儿等着我才肯扬帆；

我得赶快赶快去！

如果去晚了磨坊风车就会偷懒；

我得赶快赶快去！"

西风老妈妈到达青草地后，打开她的那个袋子，把它倒过来，然后抖一抖。所有开心小清风都翻着筋斗出来了，然后开始欢快地转呀转呀转个不停。你看，如果不是西风老妈妈到天黑的时候回来，把他们全都带回紫山坡后面的家，他们还会在青草地上玩上一整晚。

他们先竞相跑去看土拨鼠乔尼。他们发现土拨鼠乔尼正坐在门外吃早餐。一个开心小清风非常淘气，一把从土拨鼠乔尼嘴里抢走了他正在吃的绿色玉米叶子，然后带着玉米叶就跑开了。另一个开心小清风顽

皮地搓他的胡须，而第三个开心小清风则把他的毛发吹得乱七八糟。

土拨鼠乔尼假装非常生气，但实际上他一点儿也不在意，因为土拨鼠乔尼很喜欢开心小清风们，而且每天都和他们一起玩耍。

即使开心小清风们戏弄土拨鼠乔尼，也是善意的。当他们看到农夫布朗带着一支枪穿过青草地时，其中一个开心小清风就会迈着轻快的舞步，走到土拨鼠乔尼身边，在耳边轻声告诉他农夫布朗来了，然后土拨鼠乔尼就会躲起来，躲进地下他那个温暖舒适的小房子里。这让农夫布朗一直疑惑为什么他从来无法足够靠近这只土拨鼠，好对它开枪。

开心小清风们离开了土拨鼠乔尼，然后竞相奔跑着穿过青草地，来到笑微微池塘，对青蛙爷爷说早上好。青蛙爷爷蹲坐在一大片睡莲叶子上，注视着绿蝇，想捕来当早餐。

"呱呱呱！"青蛙爷爷说道，那是他说早上好的方式。

就在这时，飞来了一只肥硕的绿蝇，青蛙爷爷跳了起来。当他在那片睡莲叶子上再次蹲坐下来的时候，那只肥硕的绿蝇已不见了踪影，但青蛙爷爷看起来一副非常满足的样子，因为他心满意足地用一只手抚摩着他的白肚皮。

"有什么新闻吗，青蛙爷爷？"开心小清风们大声问道。

"红翼太太在芦苇中她的巢里又下了一枚带斑点的蛋。"青蛙爷爷说。

"我们得去看看它。"开心小清风们喊道，说完它们全都跑开了，向那片长满芦苇的沼泽地跑去。

这会儿还有一个人也听说了红翼太太在芦苇中有个可爱的小巢，而且那天一大早他就出发了，想试着找到它，因为他想偷那些小小的斑点蛋，因为它们非常漂亮。这个人是汤米·布朗，那位农夫的儿子。

当开心小清风们到达长满芦苇的那片沼泽地时，它们发现可怜的红翼太太十分苦恼。她害怕汤米·布朗会找到她那个可爱的小巢，因为他已经非常非常接近了，而且他的眼光非常非常锐利。

"哎呀！"开心小清风们喊道，"我们得帮帮红翼太太，不让坏小子汤米·布朗拿走她那些漂亮的斑点蛋！"

于是，其中一个开心小清风吹翻了汤米·布朗头上的那顶旧草帽，把它吹到青草地上。当然，汤米跟在后面追。就在他弯腰要把帽子捡起来的时候，另一个开心小清风又把它吹远了。然后他们轮番上阵，一开始是一个开心小清风，接着是另一个开心小清风，都在汤米的手差不多要碰到帽子的时候，把那顶旧草帽又吹远了。一路经过笑微微池塘，穿过笑哈哈小溪，开心小清风们奔跑着，追逐着那顶旧草帽。汤米跟在后面追，非常生气，一张脸通红，呼哧呼哧地直喘气。他们一路穿过青草地，又跑向树林边缘，最后他们把那顶旧草帽挂在了一棵荆棘树上。等汤米再次把帽子戴在头上的时候，他已经把红翼太太和她那个可爱的小巢全给忘光光啦！另外，就在那个时候他听到了早

餐开饭的喇叭吹响了，于是他穿过树林，沿着那条孤独小路回家了。

开心小清风们一路跳着欢快的舞蹈，穿过青草地，回到长满芦苇的那片沼泽地，去看那个可爱的小巢里新下的斑点蛋。红翼太太正在那里快乐地歌唱。她唱歌的时候，开心小清风们就在芦苇中跳舞，因为他们知道，红翼太太也知道，将来有一天，从那枚漂亮的长满斑点的蛋里会钻出一只小小的红翼宝宝。

为什么青蛙爷爷没有尾巴

西风老妈妈又开始了她一天的工作，把所有的开心小清风们留在青草地上玩。他们和小蜜蜂玩捉迷藏的游戏，你追我赶，好不热闹。现在，他们都聚集在笑微微池塘，团团围绕着坐在绿色睡莲叶子上的青蛙爷爷。

青蛙爷爷年纪很大很大了，当然，也非常非常睿智。他穿着绿色的外衣，声音特别低沉。每当青蛙爷爷说话的时候，每个人都恭恭敬敬地听着。就连水貂比利也尊敬青蛙爷爷，因为水貂比利的爸爸和他爸爸的爸爸从记事起，就记得青蛙爷爷一直坐在睡莲叶子上，注视着绿苍蝇。

笑微微池塘中，有好大一群青蛙爷爷的曾曾曾曾曾曾孙子。如果没人告诉你，你一定不会知道他们是青蛙爷爷的后代。他们圆圆的，胖胖的，黑黑的，有一条长长的尾巴，看上去一点儿也不像青蛙爷爷。这可能就是他们被叫作蝌蚪的原因吧！

"啊，青蛙爷爷，告诉我们为什么你不像年轻时有条长长的尾巴呢？"一个开心小清风问。

所有的开心小清风都围上来听。青蛙爷爷匆匆吞下一只愚蠢的苍蝇，端坐在那片大大的睡莲叶子上，开始讲起来：

"很久很久以前，青蛙统治这个曾经到处都是水的世界。那时候地球上几乎没有干燥的陆地——哦，陆地的确少得可怜。那时候没有男孩向我们扔石头，也没有饥饿的水貂叼走我们傻乎乎晒日光浴

的青蛙宝宝。"

水貂比利也和开心小清风们一起听着，他的身子不由得动了一下，愧疚地看向别的地方。

青蛙爷爷继续讲着："那时，所有的青蛙都有尾巴，那是让他们感到非常非常骄傲的长长的帅气的尾巴。青蛙国王更是不得了，身体有其他青蛙的两倍大，尾巴有其他青蛙尾巴的三倍长。因此他非常骄傲，哦，的的确确为他长长的尾巴感到骄傲。他常常干坐着什么也不干，专心地炫耀自己的尾巴，因为他觉得如此迷人的尾巴，真是美得独一无二。他常常在水中把尾巴前前后后甩来甩去，每次一甩，所有的青蛙都叫起来"啊！""噢！"。一天天过去了，国王越来越空虚。他每天除了吃和睡，无所事事，就是一个劲儿地炫耀他的尾巴。渐渐地，所有的青蛙都跟着国王做一模一样的事，无所事事，除了吃和睡，就是坐在一起，炫耀自己的尾巴。现在你们都知道了，什么事情都不做的人，在这个世界上是没用的，是不会有立足之地的。所以当大自然母亲看到青蛙一族变得这么无用的时候，她把青蛙国王叫到面前，对他说："因为你只想着你漂亮的尾巴，无所事事，我要把它收回。因为你只会吃和睡，你的嘴将会变成门一样宽，你的眼将会从你的头部凸出来。你的腿将会变成特别难看的弓形，让全世界的人都来嘲笑你。"青蛙国王看向他漂亮的尾巴，好像已经变短了。他又看了一眼，尾巴变得更短了。他每看一次，尾巴就变短一点儿，变小一点儿。最后，他的尾巴除了可怜的尾巴根，一点儿也不剩，连动一下都不可能了。当尾巴消失的时候，他的眼睛凸出来，嘴巴也越来越大。"

青蛙爷爷停下来，忧伤地看着一只笨笨的绿苍蝇飞过来。他立刻"呱呱呱"叫着张开大嘴跳起来。当他重新在大大的绿色睡莲叶子上坐下时，那只苍蝇已经不见了。青蛙爷爷咂咂嘴，继续讲起来："从那一天起，每只青蛙出生时都有长长的尾巴。但随着他一天

天长大，尾巴越来越小，直到最后消失。到那时，他就会记得对自然给予我们的东西感到过分骄傲是多么的愚蠢。我就是这样失去尾巴的。"

"谢谢你，我们不会忘记的。"所有的开心小清风喊道。然后就一溜烟跑走了——她们比赛谁先到土拨鼠乔尼家，告诉他，农夫布朗带着一杆枪向青草地走来了。

狐狸雷迪大吃一惊

土拨鼠乔尼和狐狸雷迪是邻居，他们都住在青草地边上。土拨鼠乔尼长得胖胖的，像个不倒翁。狐狸雷迪长得瘦瘦的，穿着一件大红色的外套。狐狸雷迪常常喜欢从一棵大树后面突然跳出来吓唬土拨鼠乔尼，那样子就好像要一口吃掉他。

在一个明媚的夏日，土拨鼠乔尼离开家，去寻找新鲜而柔软的苜蓿，那可是一顿美美的早餐啊！尽管妈妈告诉过他不要走太远看不到家门，他还是在青草地上转悠，不知不觉离舒适的家很远了。他就像我们听说的那些淘气的小男孩一样，把妈妈说过的话全都

忘了。

土拨鼠乔尼走呀走，走呀走，走呀走。每隔几分钟，就会看到远处似乎有一小丛新鲜美味的苜蓿，可是每次走近了才发现自己看错了。就这样，他走呀走，走呀走，走呀走。

西风老妈妈经过青草地，看到他，就问他要去哪儿。可土拨鼠乔尼却假装没听见，反而走得更快了。

一个开心小清风在他面前边跳舞边大喊："小心点，土拨鼠乔尼，你要迷路了！"然后拽拽他的胡子，一溜烟跑走了。

圆圆的红彤彤的太阳公公在天空中一点儿一点儿升高。每次土拨鼠乔尼抬头看他，他都会眨眨眼。土拨鼠乔尼想：只要我还能看太阳公公，太阳公公还对我眨眼，我就不会迷路。他一边想一边一路小跑去找苜蓿。

最后，土拨鼠乔尼终于

找到了一些苜蓿——这可是青草地上最最甜美的苜蓿啊！他吃啊吃，吃啊吃，吃啊吃，吃完了你猜他接着做了什么？他在这甜美可口的苜蓿丛中蜷成一团，甜甜地睡着了。

红彤彤的太阳公公在天空中升啊升，升啊升，升到最高，然后一点儿一点儿，从另一边落下。长长的影子慢慢笼罩了青草地。土拨鼠乔尼什么都没感觉到，他依然甜甜地睡着。

正在这时，一缕开心小清风发现了团成了一个毛茸茸的球，甜甜睡着的土拨鼠乔尼。

"土拨鼠乔尼，醒醒，快醒醒！"开心小清风大喊道。

土拨鼠乔尼睁开眼。他坐起来揉了揉眼睛，过了一会儿，完全想不起来自己在哪里。

他挺直了背，看看周围，想知道自己在哪里。可是他离家太远了，周围的一切都是那么陌生。大树不是熟悉的大树，灌木不是熟悉的灌木，所有的一切都是陌生的——他迷路了。

当土拨鼠乔尼坐起来四处张望的时候，正好狐狸雷迪也在青草地闲逛。他恰巧看到了土拨鼠乔尼冒出草丛头。

"啊哈，我正好吓唬他一下，这样他就再也不敢离开家了。"

这样想着，狐狸雷迪躬着身子在草丛中悄悄匍匐前进，一点儿一点儿接近土拨鼠乔尼，到了他的正后方。土拨鼠乔尼正在全神贯注地找自己家在哪儿呢，其他什么也没有注意到。

狐狸雷迪悄悄走到他身后，使劲儿拽了一下他的小短尾巴。这真是把土拨鼠乔尼吓坏了！他一下子跳起来，落下来的时候已经成了青草地上有史以来最惊恐的土拨鼠了。

狐狸雷迪之前想着土拨鼠乔尼一定会被吓跑，这样他就能跟着他，在回家的路上拽他的尾巴，戏弄他了。可是现在，狐狸雷迪受到的惊吓可不比土拨鼠乔尼少！因为土拨鼠乔尼太害怕了，全身的毛都竖了起来，体形看起来整整大了一倍，并且向狐狸雷迪扑去。

这一切让狐狸雷迪大吃一惊。他竟然不知所措，除了跑还是跑。土拨鼠乔尼紧紧追在他后面，好几次

都要差点抓住他的脚后跟。彼得兔此时正在这条路上经过，恰好目睹了这滑稽的一幕——狐狸雷迪正在被什么东西追赶着，拼命跑着。"那一定是猎犬鲍泽在追狐狸雷迪，我可得小心点儿不要让他发现我。"

正在这时，他看清了，原来是毛都竖起来的土拨鼠乔尼，正用他那小短腿以最快的速度追赶狐狸雷迪。

"哦，哦，哦！狐狸雷迪害怕土拨鼠乔尼！哦！哦！哦！"彼得兔喊道。

然后他蹦蹦跳跳去找臭鼬吉米、浣熊波比和松鼠快乐杰克。你知道他们几个都有点害怕狐狸雷迪。彼得兔把狐狸雷迪被土拨鼠乔尼狼狈地追赶的事全告诉了他们。

狐狸雷迪飞快地朝家狂奔，正好经过土拨鼠乔尼的家。现在土拨鼠乔尼已经赶不上狐狸雷迪了，他跑得气喘吁吁，又恢复成一只正常的小小的、胖胖的土拨鼠的样子。而且他已经成功吓到了狐狸雷迪。这难道不是最好玩的玩笑吗？他心满意足坐在自家门口，冲着狐狸雷迪的背影大叫："狐狸雷迪是只胆小鬼！胆小鬼！狐狸雷迪是只胆小鬼！"

　　所有在青草地玩耍的开心小清风们都齐声喊道：
"狐狸雷迪是个胆小鬼！胆小鬼！狐狸雷迪是个胆小
鬼！"

　　这就是为什么狐狸雷迪会大吃一惊，而土拨鼠乔
尼歪打正着地找到了回家路的故事。

为什么臭鼬吉米穿着条纹大衣

人都知道，臭鼬吉米穿了件黑白相间的条纹大衣。很久很久以前，臭鼬家族的衣服是黑色的。他们的黑色大衣漂亮光滑，真是帅气极了。

他们为自己的大衣感到特别骄傲，因此非常非常小心地保养它，每天都非常认真地刷洗好多次呢！

那时，也有一只臭鼬吉米和现在的吉米同名，是家族的头领。他骄傲极了，觉得自己是个名副其实的绅士。他太骄傲，从来不关心别人。和其他许许多多骄傲的人一样，从来不考虑别人的利益。在绿森林里，在青草地上，到处都流传着他做了很多见不得光的坏事，这已经成了公开的秘密。但没人能证明那些发生在夜里的坏事都是他干的，因为没人亲眼见过。你知道，他的衣服太黑了，和夜色融为一体，黑漆漆的，就像是隐身衣，谁也看不到他。

现在我们开始说松鸦太太吧。她在大松树下搭了一个窝，在窝里产下十五个漂亮的浅黄色的蛋。松鸦太太非常高兴，简直要高兴地飞上天了！住在这片小草地的所有居民们知道了这个喜事，都为她高兴，因为大家都喜欢害羞温和的松鸦太太。每天早晨，彼得兔都要沿着孤独小路穿过树林，经过松鸦太太的家。这时他总要停下来，和松鸦太太聊一会。松鼠快乐杰克每天下午都会告诉松鸦太太青草地的最新消息，给

她解闷。西风老妈妈的开心小清风们每天跑过来好几次，看看她心情好不好。

一天早晨，彼得兔像往常一样沿着孤独小路来打招呼时，他看到了可怕的一幕：大松树脚下散落了一地空空的蛋壳，它们曾是那么漂亮，可现在全都碎了，散落得到处都是。可怜的松鸦太太伤心欲绝，瘫坐在一旁。

"天哪！到底发生了什么事？"彼得兔问。

"我也不知道。"可怜的的松鸦太太哭着说，"昨天晚上，我正睡着，不知道什么东西突然猛扑过来。我拼命逃走了，飞到了大松树顶上，一晚上不敢下来。到了白天，我才敢下来，发现我的蛋碎了一地，就像你看到的这样。"

彼得兔仔仔细细察看了地面。他围着大松树前前后后地搜查；他翻开灌木丛；他在地上展开地毯式搜寻……突然，他一下子跳起来，沿着孤独小路一直跑向青草地，停在土拨鼠乔尼家门口。

"你的眼睛瞪这么大干啥？"土拨鼠乔尼问道。

彼得兔贴近土拨鼠乔尼的耳朵，小声告诉了他自

己看到的一切。随后他们两个动身前往臭鼬吉米家。臭鼬吉米还没起床呢！他开门的时候睡眼惺忪，怒气冲冲。彼得兔就把早晨发生的事告诉了他。

"真糟糕！真糟糕！！"臭鼬吉米嘴上说着，却哈欠连天。

"你难道不想跟我们一起去查查是谁干的吗？"土拨鼠乔尼问他。

臭鼬吉米说他乐意之至，可是因为上午还有别的事，只能下午加入他们。彼得兔和土拨鼠乔尼只好离开。不久，他们就遇到了开心小清风们，并把这件可怕的事告诉了他们。

"我们应该做什么？"土拨鼠乔尼问。

"我们得赶快去找大自然母亲，问她应该做什么。"开心小清风们七嘴八舌地喊道。

开心小清风们很快飞到大自然母亲那里，告诉她这件可怕的事。大自然母亲认真地听着，然后她派所有的开心小清风们告诉青草地上所有的居民下午到孤独小路集合。现在，大自然母亲命令他们做什么，开心小清风们都必须服从，他们可不敢不听。很快，在下午四点的时候，大伙儿全都聚集在大松树下。伤心欲绝的松鸦太太依然守着她空空的窝，窝外碎蛋壳撒了一地。

狐狸雷迪、彼得兔、土拨鼠乔尼、水貂比利、水獭小乔、麝鼠杰里、猫头鹰胡迪、浣熊波比、松鸦萨米、乌鸦黑黑、青蛙爷爷、蟾蜍老先生、乌龟斑斑、开心小清风们，一个一个都到了。臭鼬吉米是最后一个到的。他依然穿着那件闪闪发光的黑色大衣，非常英俊。他表示，为发生这样可怕的事感到难过，还对松鸦太太说自己非常同情她，并大声要求严惩凶手。

大自然母亲一向有着世界上最美的笑容，可她现在的表情却异常严肃。首先，她让松鸦太太把发生在她身上的可怕的事讲一遍，这样就能让大家都知道事情的来龙去脉。然后，大家要一个一个回答昨天晚上在哪里，做了什么。太阳公公回到紫山坡背后时，土拨鼠乔尼、松鼠快乐杰克、花栗鼠条条、松鸦萨米和乌鸦黑黑就上床睡觉了。麝鼠杰里、水貂比利、水獭小乔、青蛙爷爷和乌龟斑斑，都没有离开过笑微微池塘。浣熊波比去了农夫布朗的玉米地。猫头鹰胡迪在青草地捕食。彼得兔一直在浆果园。蟾蜍老先生在一大块树皮搭建成的家里待着。大自然母亲最后才问到臭鼬吉米。他说自己昨天非常非常累，早早就上床睡觉了，整整睡了一个晚上。

听了这些，大自然母亲又问彼得兔上午在调查碎蛋壳的时候有什么发现。

彼得兔跳出来，手里拿着三根黑色长毛："这些就是我在碎蛋壳中找到的。"

大自然母亲又说："土拨鼠乔尼，告诉大家，你今天早晨在臭鼬吉米家看到了什么？"

土拨鼠乔尼回答道："我看到臭鼬吉米看上去非常非常困倦，我还看到他的络腮胡子是黄色的。"

"好，知道了。"大自然母亲又问西风老妈妈："早上你是什么时候来到青草地的？"

"就在黎明破晓，太阳公公刚刚从紫山坡后面升起来的时候。"

"大清早，你看到了谁？"

"我看到浣熊波比从农夫布朗的玉米地往家走，猫头鹰胡迪从青草地往回飞，彼得兔在浆果园。最后，我还看到一个黑影走在孤独小路上，走回臭鼬吉米家。"

所有的人都怒视着臭鼬吉米，他看上去一脸不高兴，浑身不自在。

"谁穿着黑色大衣？"大自然母亲问。

"臭鼬吉米！"大伙儿齐声回答。

"什么能把络腮胡子变成黄色？"大自然母亲问。

刚开始没人回答。彼得兔大声说："很可能是蛋黄。"

"谁会日上三竿还呵欠连天？"大自然母亲问。

"一晚上都没睡觉的人。"土拨鼠乔尼说，他自己就经常熬夜到天亮才睡觉。

"臭鼬吉米，"大自然母亲的声音非常深沉，表情异常严肃，"我现在宣布，你就是打碎并吃掉松鸦太太蛋的坏人。你还有什么要说的吗？"

臭鼬吉米耷拉着头，一句话也不说，打算悄悄地溜走。

"臭鼬吉米，"大自然母亲接着说，"因为你这件

引以为豪的黑色大衣在夜里很难被看到，成为你做坏事的便利条件。现在我们不再信任你，你的名誉扫地。因此，你和你的后代要穿上黑白条纹大衣，这就是不被信任的标志。从今往后，你的大衣就是黑白条纹的，这样无论晚上走到哪里，做了什么事，别人都会看到你。"

　　这就是为什么臭鼬吉米穿着黑白相间的条纹大衣的原因。

任性的开心小清风

西风老妈妈很累，累得都有点生气了。生什么气呢？因为她很累。刚刚过去的这一天，实在是非常非常忙碌。一大早，她就吹动了大洋上巨轮的白帆，这样巨轮才能加速前进。她还一直吹着水车和磨坊转呀转，转呀转。水车抽来水，滋养了口渴的人们；磨坊磨的面，喂养了饥饿的人们。她还吹走了大烟囱、发动机、蒸汽机冒出的浓烟。是呀，就是这样，西风老妈妈的一天就是这么忙碌。

现在，她吹过青草地，要回到紫山坡后面的家了。她打开背在肩上的大大的袋子，召唤她的孩子们——

开心小清风们回家。他们已经在青草地上开心地玩了整整一天了。因为他们也玩累了，就一个接一个钻到大口袋里，准备跟妈妈回家。

很快，除了一缕任性的开心小清风，大家都进去了。他一点儿也不想回家，还想继续玩呢！他在西风老妈妈面前跳舞，亲亲昏昏欲睡的雏菊，摇摇点头打盹儿的狗尾草，吹吹所有的杨树叶和他一起跳舞，就是不想回到大袋子里。

很快，西风老妈妈扎好袋子，背到肩上，向紫山坡后的家走去。

她一走，这股任性的开心小清风一下子感到好孤单，好孤单。昏昏欲睡的雏菊不想玩了，打盹儿的毛茛有点生气了。整个白天都在照耀着大地的太阳公公现在也穿上金色的云朵睡衣上床休息了。夜幕一点儿一点儿笼罩了青草地。

这时，任性的开心小清风才开始后悔。他多么希望现在能和其他开心小清风在一起，平平安安待在西风老妈妈的袋子里呀！

他穿过青草地，寻找紫山坡在哪里。可是，夜里所有的山都是黑色的，他根本分辨不出西风老妈妈和其他开心小清风们住在哪座山后面。他多么希望自己刚刚听妈妈的话就好了呀！

找不到家，他只好坐在杨梅丛下面，将就着睡一觉。但是他好孤单啊，孤单极了，根本睡不着。月亮姐姐升起来，在青草地上洒下一片银光。但是这种光芒和欢快的圆圆的太阳公公发出的阳光一点儿也不一样——月光是冰冷的，洁白的，带来更多夜的黑影。

月亮升起一会儿，任性的开心小清风就听到猫头鹰胡迪在捕捉田鼠当晚餐。沿着孤独小路，一路小跑过来的是狐狸雷迪。他悄悄地跑着，鬼鬼祟祟，每分钟都要回头看看有没有人跟着他。很明显，他肯定打算干坏事。

他跑到杨梅丛边停下来，轻轻叫了两声。猫头鹰胡迪立刻回应了他，飞过来和他碰面。两个恶棍以为神不知鬼不觉，胆大包天谋划着他们的坏事，却都没注意到任性的开心小清风躲在

杨梅丛下面。他们决定穿过青草地，到布朗农场偷东西。因为那里住着白鹅鲍伯先生、鲍伯太太和他们的十二只小白鹅。

"当他们跑出院子，我抓他们。当他们飞起来，你抓他们。"狐狸雷迪对猫头鹰胡迪说。说着，他就垂涎欲滴，猫头鹰也舔舔嘴唇，好像已经吃到了鲜嫩可口的小鹅仔一样。此情此景，吓得任性的开心小清风瑟瑟发抖。很快，两个坏蛋去了布朗农场。

等两个坏蛋跑远，任性的开心小清风一下子从杨梅丛下钻了出来，抖抖身子，全力加速，穿过青草地，冲向布朗农场。他抄了近路，可比狐狸和猫头鹰快多了，当然第一个到了目的地。他到处飞来飞去，寻找白鹅鲍伯先生，鲍伯太太和十二只小白鹅。很快，就看到了他们，白鹅一家都把头埋在翅膀下面，正沉沉地睡觉呢！

任性开心小清风轻轻摇了摇白鹅鲍伯先生，他很快就醒了。

"嘘——嘘——"任性的开心小清风小声说，"狐狸雷迪和猫头鹰胡迪现在正在往这里赶呢！他们想吃掉你，吃掉白鹅鲍伯太太，吃掉小白鹅们。"

"谢谢你，开心小清风。我现在就搬家。"白鹅鲍
伯先生说。

他很快叫醒白鹅鲍伯太太和十二只小白鹅，带着
他们奔向布朗农场的另一边。在那里，他们藏在一棵
杜松树下，非常安全。

任性的开心小清风看到他们已经安安全全藏好了，
赶紧返回到白鹅一家人刚刚睡觉的地方。狐狸雷迪正

在小心翼翼地穿过草地。猫头鹰胡迪正在像影子一样悄无声息掠过天空。当雷迪觉得快接近的时候，他躬起身子，飞快地一跳，恰好落在鲍伯一家的空床上。但当他们看到床上根本没人的时候，惊讶不已，彻底傻了眼。任性的开心小清风在一边哈哈大笑。

狐狸雷迪和猫头鹰胡迪在布朗农场翻了个底朝天，也没有找到白鹅鲍伯一家。

任性的开心小清风又飞回杜松树下，蜷起身来，挨着白鹅鲍伯先生睡了。这时他一点儿也不孤单了。

狐狸雷迪去钓鱼

这天早晨，和煦的阳光照耀着大地，到处都暖洋洋的。在青草地上，狐狸雷迪沿着孤独小路边跑边跳，一直走向笑哈哈小溪。他跳啊跳，蹦啊蹦，根本停不下来。在这样一个阳光明媚的早晨，他非常开心！很快，他来到了土拨鼠乔尼的家门口，看到土拨鼠乔尼坐在门口，向他大声喊道："土拨鼠乔尼！土拨鼠！土拨鼠！土拨鼠乔尼！土拨鼠！土拨鼠！木头土拨鼠乔尼！"

土拨鼠乔尼假装没听见，妈妈说过不要跟狐狸雷迪玩，因为他不是个好孩子。

"土拨鼠乔尼！土拨鼠！土拨鼠！木头土拨鼠乔尼！"狐狸雷迪又叫道。

这次，土拨鼠乔尼转过头看了看他。狐狸雷迪正在翻着筋斗，追着自己的尾巴玩呢！

"来吧来吧，我们一起去钓鱼吧！"狐狸雷迪说。

"不去。"土拨鼠乔尼说。因为，你知道，妈妈说过不许他跟狐狸雷迪玩。

"我让你见识见识怎么抓鱼！"狐狸雷迪又说，边说边跟自己的影子比赛跳高。

"不去。"土拨鼠乔尼又说。他转过身，不去看狐狸雷迪。雷迪又在耍花样了，他追着蝴蝶玩，还跟田鼠家的小孩们捉迷藏。

看土拨鼠乔尼不为所动，狐狸雷迪只好自己一个人向笑哈哈小溪走去。溪流一路欢笑，一路歌唱，流向比格河。蔚蓝的天空阳光明媚，狐狸雷迪跳上笑哈哈小溪中的一块大石头，向水中张望。你猜他在看什么？对啦，在笑微微池塘中，住着鳟鱼爸爸，鳟鱼妈妈和所有的小鳟鱼。

狐狸雷迪想抓几条小鳟鱼带回家当晚餐，但他不知道怎么抓鱼。他趴在大石头上，爪子伸到笑微微池塘中，捞来捞去。但所有的小鳟鱼们都在笑话他，游得远远的，他一条也抓不到。这时，鳟鱼爸爸飞快地游上来，狐狸雷迪还没明白怎么回事呢，爪子就被鳟鱼爸爸狠狠咬了一口。

"啊噢！"狐狸雷迪疼得大叫一声，赶紧把自己的小爪子抽上来。所有的小鳟鱼们看到他这副样子，都哈哈大笑起来。

正在这时，水貂比利走了过来。

"狐狸雷迪，你好。你在这干什么？"他说。

"我正试着抓鱼呢！"狐狸雷迪答道。

"哈哈，太简单了！我来教你！"水貂比利说。

水貂比利也趴在刚刚狐狸雷迪趴过的大石头上，向笑微微池塘中望去。所有的小鳟鱼们都在嘲笑狐狸雷迪，他们以此取乐，开心极了。但是水貂比利非常小心，非常小心地观察水中，小心不让鳟鱼爸爸和鳟鱼妈妈发现他图谋不轨。

水貂比利看到所有的小鳟鱼都在笑微微池塘玩耍时，阴险地笑了："狐狸雷迪，你数三下，我教你怎么

抓鱼。"

"一！"狐狸雷迪数道："二！三！"

扑通！水貂比利一头扎进笑微微池塘中。这一跳，溅了狐狸雷迪一身水，吓得老青蛙爷爷一下子就从他打盹儿的睡莲叶子上跳到水里。不一会儿，水貂比利就从笑微微池塘对岸爬上来，不用说，他手里抓着一条小鳟鱼。

"给我给我！"狐狸雷迪羡慕死了。

"你自己抓呀。老水貂爷爷要鳟鱼当晚餐呢，我得给他送去。你是不是害怕了，不敢自己抓？狐狸雷迪！你个胆小鬼！胆小鬼！"

水貂比利甩了甩棕色大衣上的水，叼起小鳟鱼，一溜烟跑回了家。

狐狸雷迪又重新趴在大石头上，向水中观望。这次，池塘里的小鳟鱼都不见了踪影。他们都和鳟鱼爸爸，鳟鱼妈妈安全地躲在一起。狐狸雷迪看呀看，找呀找，还是一条也找不到。阳光暖暖地照着，笑哈哈小溪唱着催眠曲——你猜发生了什么？狐狸雷迪竟然趴在大石头边上睡着了！

慢慢的，狐狸雷迪开始做梦。他梦见自己也有一件棕色防水大衣，和水貂比利的那件一模一样。是呀，他梦见自己学会了游泳，也能和水貂比利一样，跳下水去抓鱼了。他梦见笑微微池塘中全都是小鳟鱼，他抓了一条又一条——扑通！他翻了个身，一下子从大石头上掉进笑微微池塘里。

水涌进狐狸雷迪的眼睛里，鼻子里。他咕咚咕咚喝了好多水，多到他这辈子再也不想喝一口水了。他漂亮的红大衣全湿透了！这可是老狐狸妈妈千叮咛万嘱咐，让他小心爱护的衣服，因为一年只有这一件衣服。他的裤子也湿了。他那引以为豪的毛茸茸的大尾巴上全都是水，重得根本甩不动。他狼狈地从笑微微池塘中爬上来，尾巴湿淋淋的拖在身后。

"哈哈哈！"翠鸟先生坐在大树上，大笑道。

"呱呱呱！"青蛙爷爷跳回他的睡莲叶子上，大笑道。

"呵呵呵！"鳟鱼爸爸，鳟鱼妈妈和小鳟鱼们在池塘里游了一圈又一圈，大笑道。

"哈哈哈！呱呱呱！呵呵呵！"水貂比利返回大石

头，不早不晚正好看到雷迪这副狼狈相，更是笑个不停。

狐狸雷迪觉得好丢人，他不好意思说什么，灰溜溜地拖着尾巴沿着孤独小路往家走。他的大尾巴全湿了，还沾满了泥巴，一路上在身后滴着水。

土拨鼠乔尼依然听妈妈的话，坐在自己家门口。狐狸雷迪想悄悄经过，可不想被他看见，但土拨鼠乔尼的小眼睛是多么亮啊！他一下子就看到了雷迪。

"狐狸雷迪，你钓的鱼呢？"土拨鼠乔尼问道。

狐狸雷迪无言以对，加快了脚步。

"狐狸雷迪，为什么你现在不翻筋斗了？不跟你的影子比赛跳高了？不抓蝴蝶了？不跟小田鼠玩了？"土拨鼠乔尼继续问道。

但是狐狸雷迪一个问题都答不上来，只是走得更快了。快到家的时候，远远看到老狐狸妈妈手里拿着一根又粗又大的木条，站在门口等他，看样子生气极了。因为妈妈告诉过他不要靠近笑哈哈小溪。

这就是狐狸雷迪钓鱼的故事。

臭鼬吉米寻找甲壳虫

臭鼬吉米一大早就睁开了眼睛，从他那建在山上的舒适小家向外望去。大大的、圆圆的太阳公公有着红彤彤的笑脸，刚要往天上爬呢！西风老妈妈背着她的大口袋，刚来到青草地上。臭鼬吉米知道，那个大袋子里全是西风老妈妈的孩子——开心小清风们。他们被妈妈带过来，要在青草地上痛痛快快玩上一整天呢！

"早上好，西风老妈妈。你从山上下来的时候，有没有看到甲壳虫呀？"臭鼬吉米礼貌地问道。

西风老妈妈说："没有，从山上下来的时候我可没

看到甲壳虫。"

"谢谢您。我想我还是自己去找吧,因为我现在实在是太饿了。"臭鼬吉米礼貌地回答。

臭鼬吉米理了理他帅气的黑白条纹大衣,洗洗脸和手,动身出发去找甲壳虫当早餐。首先,他下山来到土拨鼠乔尼家。土拨鼠乔尼还在床上睡大觉呢!臭鼬吉米就想去看看狐狸雷迪能不能和他一起去找甲壳虫。可是雷迪前一天晚上在外边玩到很晚才回家,现在也还在床上睡大觉呢!

所以，臭鼬吉米只能一个人独自沿着弯弯小路，上山寻找甲壳虫当早餐。他走得非常慢，因为他向来是个慢性子。他翻开每一根木头，仔细查看底下有没有藏着甲壳虫。找了一会儿，他看到弯弯小路边有一大块树皮，他用两只小爪子抓住树皮，使劲儿拽呀拽，拉呀拉，突然，树皮一下子翻了过来，臭鼬吉米仰天跌倒。

当臭鼬吉米翻身站起来，他看到蟾蜍老先生站在小路上，看上去特别生气。他气得吸气，呼气，吸气，呼气，身体气得胀鼓鼓的，不一会儿就胀到原来的两倍大。

"早上好，蟾蜍老先生。你看到过甲壳虫吗？"臭鼬吉米问。

但是蟾蜍老先生眨了眨他圆鼓鼓的大眼睛，大声说："你什么意思？臭鼬吉米，为什么掀掉我家屋顶？"

"这是你家屋顶？我以后再也不敢了！"臭鼬吉米礼貌地说。

他跳过蟾蜍老先生，沿着弯弯小路继续走，接着寻找甲壳虫。

又过了一会儿，臭鼬吉米看到路边有一个中空的大树墩，树墩上还有一个圆圆的小洞。他用两只小爪子抓着树墩一边使劲儿拽呀拽，拉呀拉，突然，树墩一边突然裂开了，臭鼬吉米仰天跌倒。

当臭鼬吉米翻身站起来，看到花栗鼠条条暴跳如雷，在小路中间上蹿下跳。

"早上好，花栗鼠条条。你看到过甲壳虫吗？"臭鼬吉米问。

但是花栗鼠条条跳得比之前更快了，他大声说："你什么意思？臭鼬吉米，为什么掀掉我家墙壁？"

"这是你家墙壁？我以后再也不敢了！"臭鼬吉米礼貌地说。

他绕过花栗鼠条条，沿着弯弯小路继续走，接着寻找甲壳虫。

不一会儿，他就遇见了蹦蹦跳跳走在弯弯小路上的彼得兔。"早上好，臭鼬吉米，这么一大早你要去哪呀？"彼得兔问。

"早上好，彼得兔。你看到过甲壳虫吗？"臭鼬吉米礼貌地问。

　　"没有，我可没见过什么甲壳虫，但我可以帮你找找看。"彼得兔说。他掉转头，沿着弯弯小路，一跳一跳地走在臭鼬吉米前面。

　　现在，因为彼得兔腿长，还是个急性子，他抢先到达了山顶。当臭鼬吉米终于走到弯弯小路尽头爬上山顶的时候，他看见彼得兔挺直了身子，非常非常认真地注视着一大块平整的石头。

　　"彼得兔，你在看什么呀？"花栗鼠条条问道。

　　"嘘——"彼得兔说，"我觉得那块平整的石头下面有甲壳虫，你看，有一小段细细长长像绳子一样的东西露在外面。你抓住它，当我数到三，你就使劲拉，这样很可能你就能抓到一只甲壳虫啦！"

　　按照彼得兔说的那样，臭鼬吉米准备好了。彼得

兔开始数数。

"一！"彼得喊道，"二！"他又喊道，"三！"

臭鼬吉米使出吃奶的劲儿拽这条黑色的绳子，使劲儿拽，使劲儿拽——终于拽出来了——是黑蛇先生！臭鼬吉米一直拽的是黑蛇先生的尾巴！黑蛇先生自然是非常非常生气！

"哈哈哈！"彼得兔大笑。

"你什么意思，臭鼬吉米？竟然拽我的尾巴？"黑蛇先生大喊。

"这是你的尾巴？我以后再也不敢了！"臭鼬吉米礼貌地说，"你看到过甲壳虫吗？"

但是黑蛇先生也没见过甲壳虫，而且他还特别特别生气。臭鼬吉米只好自己下山寻找甲壳虫。

彼得兔还在继续笑呀笑，笑呀笑，笑个不停。他笑得越厉害，黑蛇先生就越生气。他决定抓住彼得兔，给他一个教训。

彼得兔这下可笑不出来了，因为黑蛇先生跑得太快了。他一路沿着弯弯小路狂奔下山，黑蛇先生在身

后紧追不舍。

　　但是臭鼬吉米完全不知道黑蛇先生有没有抓住彼得兔，因为他已经找到了一些甲壳虫，回到家吃早饭了。

水貂比利的游泳聚会

水貂比利沿着笑哈哈小溪的岸边走过来，感觉太美好了！他刚吃了一顿美味的早餐，阳光暖洋洋的，小小的白云在天空划过，小鸟儿在唱歌，蜜蜂在嗡嗡叫着。水貂比利听着听着也想跟着唱，但他的声音实在是不适合唱歌呀！

水貂比利走呀走，走呀走，来到笑微微池塘。笑哈哈小溪在这停下歇歇脚，然后继续流向比格河。他不再吵吵闹闹，嘻嘻哈哈，唱唱小曲儿，而是躺在暖暖的阳光下，安安静静地微笑着，微笑着。岸上的小花儿弯弯身子，向他点点头。榉木已经年纪大了，时

057

不时往笑微微池塘掉一片叶子。香蒲把脚伸进池塘中纳凉。

水貂比利跳到大石头上，低头向笑微微池塘中看。他看见老青蛙爷爷坐在睡莲叶子上。

"青蛙爷爷，您好。"水貂比利说。

"水貂比利，你好。"青蛙爷爷说，"阳光明媚的好天气，你又想什么鬼点子了？"

正在这时，水貂比利看到一个棕色的小脑袋冒出水面，是谁在笑微微池塘游泳呢？

"麝鼠杰里，你好啊！"水貂比利喊道。

"水貂比利你好呀，就你一个人吗？来和我一起游泳吧，现在的水温游泳正合适。"

"太好了！我们来开游泳聚会吧！"

所以呀，水貂比利就找来开心小清风们，让他们去找水獭小乔，说是水貂比利邀请他来参加游泳聚会。很快，开心小清风们就带着水獭小乔回来了。

"水貂比利，你好！我来了！"水獭小乔喊道。

"你好，水獭小乔。快点到这个大石头上来，看看我们谁能潜到笑微微池塘的最深处。"水獭比利说。

所以水獭小乔和麝鼠杰里爬上大石头，站在水貂比利身边。他们都穿着自己的棕色小潜水服，低头向笑微微池塘中看。

　　"现在，听我数到三，我们一齐潜入笑微微池塘，看看谁潜到最深处。一！"水貂比利喊道，"二！"水貂比利又喊，"三！"

　　当他喊出"三"的时候，他们齐齐钻进水中，溅起特别高的水花。他们让青蛙老爷爷心烦意乱，只好跳下他的睡莲叶子。他们吓坏了鳟鱼爸爸，鳟鱼妈妈，他们全都一个一个蹦出水面，看看发生了什么。小蝌蚪们全都吓得躲进水中淤泥里，只把小小的鼻头露在外面。

　　"呱呱呱，"青蛙老爷爷又重新跳到睡莲叶子上说，"我要是还年轻，非得教教你们怎么潜水。"

　　"来吧

来吧，青蛙爷爷，教教我们怎么潜水吧！"水貂比利叫道。

你猜发生了什么？青蛙老爷爷不服老，激动地爬上大石头，来教他们怎么潜水。扑通！青蛙老爷爷跳下水。扑通！水貂比利也跟着跳下去。扑通！扑通！水獭小乔，麝鼠杰里，都一个紧接着一个跳下去。

"我来啦！"一直坐在大榉木上的翠鸟先生喊道。他也想让大家知道他也能潜水，扑通！他也冲进了笑微微池塘。

他们发出了很大很大的声音。所开心小清风们都在岸上欢快地跳起了舞。乌鸦黑黑和松鸦萨米飞过来，想看看究竟发生了什么。

"现在，我们来比比谁在水里游得最远！"水貂比利说。

他们一个挨着一个站在笑微微池塘岸边，整装待发。

"开始！"翠鸟先生大喊，他们全都跳进水里，生出一圈一圈的波纹，在笑微微池塘的水面荡漾开来。慢慢地，池塘的水变得和之前一样平静，好像谁都没有跳进去过。

现在，青蛙老爷爷开始意识到自己已经年纪大了，体力远不如年轻时一样好了，无论如何，也不能游得像其他人那样快了。他渐渐喘不上气来了，就悄悄浮上去，把鼻孔露在外面呼吸点空气。可是，很快被眼尖的松鸦萨米发现了。

"啊，青蛙老爷爷不行了！"他大喊道。

所以呀，青蛙老爷爷只好游出水面，游到他的睡莲叶子上面休息。

沿着大石头一路向前，就能看到三串小泡泡排成排，从笑微微池塘水底升到水面上来。因为水貂比利、水獭小乔和麝鼠杰里在水底游着根本没影儿，我们只能根据泡泡来判断他们在哪儿。这些泡泡都是他们肺里的空气。一排排小泡泡直直地横穿过笑微微池塘，

对岸上几乎一齐冒出来两个小脑袋——那是水貂比利和水獭小乔。过了一会儿，麝鼠杰里才在他们身边冒出头来。三个小伙伴哈哈大笑。

正如你所看到的，他们竟然能整整横穿了整个笑微微池塘。当然，要是池塘够大，他们还能游得更远。

就这样，水貂比利的游泳聚会圆满结束。

彼得兔的玩笑

天早晨，当圆圆的太阳公公爬上天空，西风老妈妈把她所有的开心小清风们放到青草地上玩的时候，土拨鼠乔尼就开始散步了。首先，他笔直地坐着，左顾右盼了好久好久，就是为了看看狐狸雷迪有没有在附近。你知道，狐狸雷迪特别喜欢捉弄土拨鼠乔尼。

但是哪儿也看不到狐狸雷迪，土拨鼠乔尼这才沿着孤独小路，一路小跑去往树林里。太阳公公一如既往地闪耀着光芒，明媚如初。可土拨鼠乔尼实在是太胖了，很快就觉得特别特别热了。很快，他跑不动了，坐到大树下的木头墩儿上休息。

咚！有什么东西砸在了他小小的脑袋上，吓得他一下子跳了起来。

"你好呀，土拨鼠乔尼。"这声音好像是从头顶的正上方发出的。土拨鼠仰起头，歪着脖子，向上看去。这时他恰恰看到松鼠快乐杰克在往下丢坚果呢！坚果掉下来，正好砸在他可爱的黑黑的小鼻头上。

"哇呜！"土拨鼠乔尼仰面倒地，翻了个跟头，从树桩上滚下来。但因为他胖胖的，圆圆的，就像一个不倒翁，一点儿也没有受伤。

"哈哈哈。"松鼠快乐杰克在树上大笑着。

"哈哈哈。"土拨鼠乔尼也笑了，自己爬起来。他们一起哈哈大笑，这真是一个好玩的玩笑。

"你们两个在笑什么？"一个声

音传过来，离他特别近。土拨鼠乔尼吓了一跳，转了三圈才发现是彼得兔。

"你在我的树林里干什么？"彼得兔问。

"我正在散步呢！"土拨鼠乔尼回答道。

"好呀，我也和你一起散步吧！"彼得兔说。

就这样，土拨鼠乔尼和彼得兔开始沿着孤独小路在树林里散步。彼得兔腿长，天生爱跳，一路上都是大步跳跃；土拨鼠乔尼腿短，要跟上他非常费力。但是不一会儿，彼得兔返回来，每一步都走得很小心。他附在土拨鼠乔尼耳边小声说："我发现了一些东西。"

"是什么呀？"土拨鼠乔尼问。

"我马上让你看。但是你必须特别特别安静，不要发出哪怕一丁点声音。"彼得兔说。

土拨鼠乔尼太想知道彼得兔到底看到了什么，所以他承诺一定非常非常安静。彼得兔踮着脚尖，从孤独小路上穿过树林，他可爱的大耳朵高高地竖起来。土拨鼠乔尼跟在他后面，一路都在想啊想，想啊想，想知道彼得兔到底看到了什么。

很快，他们来到一根大木头前。这根大木头上长

满了苔藓，绿绿的，横跨在孤独小路上。彼得兔停下来，笔直地坐好，左看看，右看看。土拨鼠乔尼也停下来，笔直地坐好，左看看，右看看。但除了这根长满苔藓的绿色大木头，他什么也没有看到。

"这是什么呀，彼得兔？"土拨鼠乔尼小声问。

"你现在还看不见它，因为我们必须先跳过这根绿色的长满苔藓的大木头。现在我先跳，然后你跟着我跳，就能看到我刚刚发现的东西了。"彼得兔小声说。

彼得兔第一个跳，因为他的腿长，擅长跳跃，一下子就跳过了大木头。然后他转过身，看土拨鼠乔尼怎样跳过大木头。

土拨鼠乔尼也想拼命地跳过去，想拼命跳高，跳远，但他的腿短，不擅长跳跃。而且他非常非常胖，因此尽管他拼命想和彼得兔跳得一样高，一样远，但他还是跳得太低了。他的小鼻头重重砸在绿色的长满青苔的大木头上，紧贴着木头骨碌碌向前翻了过去，

重重砸在狐狸雷迪身上——他正在长满青苔的大木头另一边甜甜地睡觉呢!

彼得兔捧腹大笑,怎么都停不下来。

哦,天哪,当土拨鼠乔尼意识到他做了什么时,真的好害怕!他根本来不及爬起来,便连滚带爬藏到旁边的灌木丛里,好好躲起来,大气也不敢出。

狐狸雷迪呻吟一声醒过来,因为他被土拨鼠乔尼砸得太疼了!他醒来一睁眼就看到彼得兔正在一边捧腹大笑,笑得前仰后合。狐狸雷迪也不再向别处看了,他认定是彼得兔干的好事。他跳起来,去抓"肇事者"。彼得兔拔腿就跑,狐狸雷迪紧追不舍。彼得兔避开大树,跳过灌木,慌不择路,连滚带爬,拼命逃跑,因为他非常害怕狐狸雷迪。狐狸雷迪跟着彼得兔,避开大树,跳过灌木,穷追不舍,但还是没抓到彼得兔。没跑一会儿,彼得兔来到臭鼬吉米家。他知道臭鼬吉米这会儿在老牧场呢,所以猛地蹿进去。他知道自己现在安全了,因为臭鼬吉米家的门特别小,狐狸雷迪根本钻不进来。狐狸雷迪坐下来等,可彼得兔根本不出来。过了一会儿,狐狸雷迪等不及就回家了,因为狐狸妈妈还在家等他呢！

从头到尾，土拨鼠乔尼都一直躲在灌木丛里，目睹了狐狸雷迪紧追彼得兔这一幕。直到他看到彼得兔跳进臭鼬吉米家里，狐狸雷迪回家了以后，他才敢站起来，仔仔细细把自己的棕色大衣洗得干干净净。他沿着孤独小路，穿过绿森林；来到他熟悉的小路上，穿过青草地。在那儿，开心小清风们依然还在开心地玩耍。他跑呀跑，跑呀跑，一直跑到自己那个舒适的小家，觉得自己安全了才停下来。

松鸦萨米是怎样被发现的

松鸦萨米非常忙碌，非常非常忙碌。他认为自己是一位标准的绅士。他对自己那带着白色装饰的帅气蓝色大衣和高帽子感到骄傲。当别的动物都在忙碌的时候，他总是最悠闲的一个。他常常坐在篱笆桩上，和正在给自己舒适的小家开一个新门的土拨鼠乔尼开玩笑，和正在储藏一大堆玉米粒和坚果的花栗鼠条条开玩笑，而他自己什么都不做。当他忙碌的时候，他肯定是在捉弄别人，因为无所事事的人总喜欢对别人搞恶作剧了。

松鸦萨米现在正在捣蛋，那就是为什么他现在假

装什么都没有做，他怕有人看到他干坏事。

这天一大早，西风老妈妈就从紫山坡后的家出门了。事实上，当西风老妈妈穿过青草地去吹动大洋上的巨轮航行的时候，太阳公公还没起床呢！西风老妈妈的双眼非常敏锐，在松鸦萨米看到她之前，她就看到了松鸦萨米。

"现在松鸦萨米为什么这么忙呢？还有，他为什么这么一声不响呢？"西风老妈妈想着他肯定又再搞恶作剧了。

因此，当她打开她的袋子，把开心小清风们放出来，让他们在青草地上玩，他嘱咐其中的一缕开心小清风一定要好好盯着松鸦萨米，看他在老栗树上做什么。这缕开心小清风就假装在树顶上跳舞，还把所有的小叶子们都叫醒，和他一起跳舞。松鸦萨米光顾着注意西风老妈妈和其他开心小清风们，压根没有注意这缕开心小清风。

不一会儿，那缕开心小清风跳着舞回到了西风老妈妈那里，向她小声说道："松鸦萨米正在偷松鼠快乐杰克藏在老栗树树洞的坚果呢，然后把他们扔下来，藏到乌鸦黑黑去年在大松树上建的巢里，留给自己吃。""知道啦。"西风老妈妈说着，就穿过了青草地。

"早上好，西风老妈妈。"当西风老妈妈经过篱笆桩的时候，坐在上面的松鸦萨米向她打招呼。

"早上好，松鸦萨米，"西风老妈妈回应道，"你为什么今天出来这么早呀？"

"我早起是为了身体健康，西风老妈妈。医生嘱咐我，让我每天早晨太阳升起的时候，在露水中洗个澡。"松鸦萨米礼貌地回答道。

西风老妈妈不再说话了。她经过青草地，将巨轮吹过大洋。她一走，松鸦萨米就急急忙忙赶紧把快乐杰克的最后一颗坚果运到大松树上的老巢里。

可怜的快乐杰克！他很快搂着一颗坚果蹦蹦跳跳回来了，把它小心放在老栗树的树洞里。他不经意间往里看了一眼，发现他辛辛苦苦收集的一大堆坚果全都不见了！他简直不敢相信自己的眼睛！他伸进去一只爪子使劲儿找，但一颗坚果也找不到。后来他干脆钻进去，但是唯一能确认的事情就是：树洞是空的。

可怜的快乐杰克！当他爬出来时，眼里都是泪水。

他环顾四周，谁也看不见，除了帅气的松鸦萨米在非常忙碌地刷洗他的漂亮蓝色大衣。

"早上好，松鸦萨米，你见过有人刚刚从这儿过去了吗？"快乐杰克问，"有人偷了我藏在老栗树树洞里的坚果。"

松鸦萨米假装一副很伤心的样子，他用最甜蜜的声音——这几天他的声音都很甜——告诉快乐杰克他愿意帮忙抓到偷坚果的贼。

他们一起穿过青草地，逢人就问，有没有见到一

个贼，那个贼偷了松鼠快乐杰克藏在老栗树树洞里的坚果。开心小清风们也和他们一起找。很快，青草地上和树林中的所有居民都知道有人把松鼠快乐杰克藏在老栗树树洞里的坚果全都偷了。因为大家都很喜欢松鼠快乐杰克，所以都为他感到伤心难过。

第二天一大早，所有开心小清风们就被西风老妈妈从大口袋里放到青草地上。因为时间还早，所以他们有时间做很多事。他们匆匆吹过青草地，掠过绿森林，飞过笑哈哈小溪和笑微微池塘，邀请每一位居民在上午九点整在山上的大松树下集合，开一个全体大会，这是西风老妈妈发起的非常重要的全体大会，目的是要找出是谁偷了松鼠快乐杰克藏在老栗树树洞的坚果。

因为大家都喜欢松鼠快乐杰克，都想帮助他，所以大家都很准时来到山上的大松树下。狐狸雷迪、浣熊波比、臭鼬吉米和花栗鼠条条，这几位都是松鼠快乐杰克的表兄弟；水貂比利、水獭小乔、麝鼠杰里、猫头鹰胡迪，这几位习惯夜里出来活动的小动物困得几乎睁不开眼睛；还有乌鸦黑黑，土拨鼠乔尼，彼得兔，甚至老青蛙爷爷都到了。当然，松鸦萨米也到了，他是其中最帅的一个。

当他们全都集合在了大松树下以后，西风老妈妈从上到下指了指破旧的巢，问乌鸦黑黑："这是你的巢吗？"

"曾经是我的，但我早已经把它送给了我的表兄，也就是松鸦萨米。"乌鸦黑黑答道。

"那是你的巢吗？我能不能从里面拿一根树枝呢？"西风老妈妈问松鸦萨米。

松鸦萨米心想：她肯定只从上面拿，不会有事的。于是回答道："是我的。树枝嘛，请尽管拿。"

西风老妈妈突然吸了一大口气，脸颊都鼓起来了。她狠狠吹了一口气，结果，旧巢最底下的一大根树枝掉下来。这根大树枝噼里啪啦砸在大松树的树枝上，那个旧巢也全部散了架。紧跟着，你猜还有什么掉下来？山胡桃、栗子、橡子、榛子……全都噼里啪啦掉下来。

"哇！为什么！为什么我被偷走的坚果都在这？"

快乐杰克大喊道。

　　大家全部回头去看松鸦萨米，但是他早已以最快的速度飞过绿森林，逃走了。"抓小偷！抓小偷！"西风老妈妈喊道。所有的开心小清风们，还有土拨鼠乔尼，水貂比利，还有大伙儿全都追了上去，但是松鸦萨米却头也不回飞快地逃跑了。

接着，大家都帮忙把掉出来的坚果捡起来，然后把捡到的坚果统统送回老栗树的树洞里。松鼠快乐杰克又一次把他的食物好好储藏在他小小的舒适的树洞里了。

自那天以后，松鸦萨米的叫声就变成了："小偷！""小偷！""小偷！"

麝鼠杰里的聚会

所有开心小清风们急急忙忙地穿过青草地。一些在这里飞，一些往那边跑，还有一些在另外的地方跳舞。你看，麝鼠杰里要求他们把他的口信带到各地，邀请大家都来笑微微池塘的大石头上参加聚会。

当然，人人都说他们非常乐意前来。圆圆的太阳公公把他的光芒照到最亮。天空湛蓝无比。小鸟们承诺为麝鼠杰里的聚会唱歌。因此，青草地和绿森林所有的小伙伴们都想来。

土拨鼠乔尼、狐狸雷迪、臭鼬吉米、浣熊波比、松鼠快乐杰克、花栗鼠条条、水貂比利、水獭小乔、青蛙爷爷、蟾蜍老先生、黑蛇先生——大家都来参加麝鼠杰里的聚会了。

当他们到达笑微微池塘的时候，他们发现麝鼠杰里早已经准备好了。他的兄弟，他的姐妹，他的叔叔伯伯，他的姑姑阿姨，他的表兄妹——也都到了。在笑微微池塘，这是多么快乐，多么快乐的时刻啊！池塘里的水在多么欢快地飞溅啊！水貂比利、水獭小乔、青蛙爷爷一到这儿就迫不及待扑通扑通跳下去了。他们在水中捉迷藏，在大石头底下追逐嬉戏；他们翻跟头，他们滑水梯，玩得不亦乐乎！

但是，狐狸雷迪、彼得兔、浣熊波比、土拨鼠乔尼、松鼠快乐杰克、臭鼬吉米、花栗鼠条条都不会游泳，自然，他们也不能在水里捉迷藏，不能在水中做游戏，不能滑

水梯……他们唯一能做的就是坐在岸边，想想要是自己会游泳该多好；现在可怜巴巴地看着其他人玩，当然开心不起来。在这种情况下，他们甚至开始想要是自己不来参加麝鼠杰里的聚会就好了。而且麝鼠杰里也体会到了他们的心情，他因为没有招待好朋友，自己心里也挺不是滋味的。你看，因为他自打出生就习惯在水里生活，甚至忘了还有一些人不会游泳。否则的话，他是不会邀请习惯生活在陆地上的小伙伴们来这个聚会的。

"我们回家吧！"彼得兔对土拨鼠乔尼说。

"我们能在山上玩得更开心。"臭鼬吉米说。

正在这时，水獭小乔走过来，把一大根木头推到笑微微池塘上。

"这儿有一艘船，浣熊波比。你可以坐在木头的一头，我推着你来一次笑微微池塘的航行。"水獭小乔说。

浣熊波比小心翼翼地爬上大木头。水獭小乔在后面边游泳边推着，浣熊紧紧抓着，就这样，他们在笑微微池塘里来来回回划了好几圈。浣熊波比坐在木头上，玩得太开心啦！他还想再划一圈，可臭鼬吉米也

想上去坐坐。浣熊波比只好跳下来，臭鼬吉米马上跳上去，水獭小乔推着他在笑微微池塘环游一圈。

后来，麝鼠杰里找到了另一根木头，他让彼得兔坐上去，推着他在水里玩。就这样，麝鼠杰里的兄弟姐妹叔叔阿姨表兄妹们全都找到了木头，推着狐狸雷迪、土拨鼠乔尼，甚至还有蟾蜍老先生在笑微微池塘里来来回回划着。

松鼠快乐杰克坐在一根大木头一头，坐得特别直，用他那大大的毛茸茸的尾巴划船。所有的开心小清风们都跑过来在后面吹呀吹，吹呀吹，快乐杰克就在笑微微池塘划行了一圈又一圈。

偶尔会有人不小心从木头上掉进水里，弄湿自己，不过没关系，麝鼠杰里或水貂比利会很快把他们拉上来。没有人会介意湿了这么一小下的。

小鸟儿们在溪流周围的灌木丛中唱呀唱，唱呀唱。狐狸雷迪低低地吼叫着。松鼠快乐杰克啾啾喳喳叫着。所有的麝鼠都吱吱吱尖叫着。麝鼠杰里的聚会是多么有意思呀！

渐渐地，太阳公公落到了紫山坡背后，西风老妈妈和她所有的开心小清风们一起回家了。小星星们出现在天空中，闪呀闪，闪呀闪。笑微微池塘又恢复了宁静，但他一直微笑，一直微笑，回忆着白天每个人都在麝鼠杰里的聚会上度过的快乐时光。

浣熊波比和狐狸雷迪的恶作剧

这天晚上小星星们都在闪呀闪，闪呀闪。月亮姐姐尽她最大的努力，把青草地照得和白天太阳公公照得一样明亮。除了猫头鹰胡迪、夜鹰布默、北美夜鹰先生，其他的小鸟都在他们的小巢里睡着了。西风老妈妈的开心小清风们也都回家休息了。天哪，真的太安静了！安静到浣熊波比沿着孤独小路穿过树林的时候都忍不住自言自语："我不明白为什么大伙儿要白天玩一整天，晚上都睡觉。晚上才是出来玩的最佳时间呢。现在狐狸雷迪——"

"要在背后讨论狐狸雷迪可要小心了。"一个声音从他身后传过来。

浣熊波比吓了一跳，赶紧转过身来，因为他一直以为只有他一个人在走呢！那声音正是狐狸雷迪的，现在他正沿着孤独小路一路小跑，穿过树林走过来。

"我还以为你在家睡觉呢！"浣熊波比说。

"你错了，我喜欢在月光下散步。"狐狸雷迪说。

就这样，浣熊波比和狐狸雷迪，一起在孤独小路上走着。他们穿过绿森林，来到青草地。他们又遇见了臭鼬吉米。臭鼬吉米猜山上有很多很多甲壳虫，所以他正打算沿着弯弯小路爬上去看。

"你好，臭鼬吉米！下来，和我们一起去青草地吧！"浣熊波比和狐狸雷迪喊道。

臭鼬吉米答应了，于是三个一起去了青草地。浣熊波比走在最前面，狐狸雷迪在中间，臭鼬吉米在最后，因为他从来都是不慌不忙的。很快，他们来到土拨鼠乔尼的家。

"听，"浣熊波比说，"土拨鼠乔尼睡得真香。"

他们停下来仔细听，听到土拨鼠乔尼在他舒适的小床上睡觉发出的高高低低的鼾声。

"让我们给土拨鼠乔尼一个惊喜吧！"狐狸雷迪说。

"那该怎么做？"浣熊波比问道。

"我知道，"狐狸雷迪说，"让我们在他家门口放一块大石头吧！这样他要出门，就得再挖一个洞了。"

说干就干。浣熊波比和狐狸雷迪连拖带拉，把一块大石头滚到了土拨鼠乔尼的门口。臭鼬吉米假装没看见他们做的坏事。

"现在，我们去笑哈哈小溪吧！把老青蛙爷爷吵醒，听他'呱呱呱'叫吧！"浣熊波比提议。

"太好啦！看谁第一个到！"狐狸雷迪热烈响应。

狐狸雷迪一溜烟从孤独小路跑走了，浣熊波比紧

跟在他身后。他们两个打算去吵醒睡在绿色睡莲叶子上的青蛙爷爷。

但是臭鼬吉米没有去。他一直看着狐狸雷迪和浣熊波比远远地跑到了笑哈哈小溪附近，然后赶紧从堵在土拨鼠乔尼家门口的大石头的一边往里挖。天哪，他挖洞时扬起了好多尘土啊！很快，他挖了个很大的洞，这样

土拨鼠乔尼就能听到他的声音了。这时，他还能听到土拨鼠乔尼在他舒适的小床上睡觉时发出的高高低低的鼾声。

"土拨鼠乔尼！土拨鼠！土拨鼠！土拨鼠乔尼！"臭鼬吉米喊道。

但是土拨鼠乔尼依然在打鼾。

"土拨鼠乔尼！土拨鼠！土拨鼠！土拨鼠乔尼！"臭鼬吉米又一次喊道。

但是土拨鼠乔尼依然在打鼾。臭鼬吉米继续用比之前更大的声音喊他。

"谁呀？"土拨鼠乔尼睡眼惺忪地问。

"我是臭鼬吉米。赶紧穿上衣服，出来一下！"臭鼬吉米说。

"走开，臭鼬吉米。我还要睡觉呢！"土拨鼠乔尼说。

"土拨鼠乔尼，我给你准备了一个惊喜！赶紧出来看看吧！"臭鼬吉米通过他刚刚挖的小洞向里喊道。土拨鼠乔尼一听到臭鼬吉米给他准备了一个惊喜，就特别想知道是什么。尽管他非常非常困，他还是穿上衣服，走到门口，想看看臭鼬吉米给他准备了一个什么惊喜。在门口，他发现了那块狐狸雷迪和浣熊波比放在那的大石头，自然是非常惊讶。他认为是臭鼬吉米给他开的这个无比卑鄙的玩笑，刚开始的几分钟，简直都要气疯了。但是很快，臭鼬吉米就告诉了他到底是谁把这块大石头挡住他家门口的。

"现在，土拨鼠乔尼，你从那头推，我从这头拉，咱们很快就能把这块大石头从你家门口推开了。"

就这样，土拨鼠乔尼用力推，臭鼬吉米用力拉，很快就把大石头从土拨鼠乔尼家门口推开了。

"现在，我们要把这块大石头沿着孤独小路推到狐狸雷迪家，然后也给他一个大大的惊喜。"臭鼬吉米说。

于是，他们两个连拖带拉，把一块大石头滚到了狐狸雷迪的家，当然，严严实实得堵住了他的门口。

"晚安，臭鼬吉米。"土拨鼠乔尼说，沿着孤独小路蹦蹦跳跳回了家，一路上都在咯咯咯偷着笑。

臭鼬吉米慢慢走上孤独小路，走进树林，他一向都是这么不慌不忙的。很快，他来到浣熊波比住着的空心树旁，遇到了猫头鹰胡迪。

"你好，臭鼬吉米，你在干什么呢？"猫头鹰胡迪问道。

　　"就是散散步，"臭鼬吉米说，"谁住在这个空心树里呢？"

　　臭鼬吉米当然知道答案，从头到尾一直都知道。但他假装不知道。

　　"啊，这是浣熊波比的家。"猫头鹰胡迪回答道。

　　"让我们一起给浣熊波比一个惊喜吧！"臭鼬吉米说。

　　"怎么给他惊喜？"猫头鹰胡迪问。

　　"我们用树枝和叶子把他家填满吧！"臭鼬吉米说。

　　猫头鹰胡迪觉得这是一个好主意。所以，当臭鼬吉米把老树枝和烂树叶收集好之后，他就把这些东西统统填到浣熊波比住着的老空心树里。他填呀填，直到一片叶子一根树枝都放不进去为止。

　　"晚安。"臭鼬吉米说。他开始沿着弯弯小路，向自己温暖舒适的小家走着。

　　"晚安。"猫头鹰胡迪说，他像一个大黑影一样，飞上大松树顶。

　　时间渐渐过去，月亮姐姐要上床睡觉了，所有的小星星们都困得不能再闪闪发光了。狐狸雷迪和浣熊波比在笑哈哈小溪玩了一晚上，全身湿淋淋的，也是又累又困。他们沿着孤独小路往家走，打算在自己家的床上好好睡一觉。他们在对土拨鼠乔尼做恶作剧后，对老青蛙爷爷做恶作剧后，对其他许多人恶作剧后，就脚底抹油，溜走了。你觉得，当他们到家后看到别人也给自己恶作剧后会说什么呢？

　　我不知道，但圆圆的红彤彤的太阳公公升起来看到狐狸雷迪和浣熊波比的样子可是笑得前仰后合，他可不告诉大家为什么。

土拨鼠乔尼发现了世界上最好的东西

西风老妈妈停下来跟修长的冷杉树说话。

"我刚刚经过青草地，在那儿我看到了世界上最好的东西。"西风老妈妈说。

花栗鼠条条那时候恰好坐在修长的冷杉树下，他迫不及待想听听西风老妈妈接下来要说什么。"世界上最好的东西——那是什么呢？"花栗鼠条条思索着，"那一定是一大堆一大堆的坚果。我一定要去找到它！"

花栗鼠条条沿着孤独小路，以他最快的速度穿过树林。很快，他遇到了彼得兔。

"花栗鼠条条，你这么急匆匆地要去哪呀？"彼得兔问道。

"去青草地上找世界上最好的东西！"花栗鼠条条回答道，跑得更快了。

"世界上最好的东西——那一定是一大堆胡萝卜和卷心菜！我一定要去找到它。"彼得兔说。

彼得兔紧跟在花栗鼠条条后面，沿着孤独小路，以他最快的速度穿过树林。

当他们经过空心洞时，浣熊波比伸出头来："你们这么急匆匆地要去哪呀？"

"去青草地上找世界上最好的东西！"花栗鼠条条和彼得兔回答道，同时跑得更快了。

"世界上最好的东西——那一定是一大堆牛奶味甜玉米！我一定要去找到它。"

所以浣熊波比爬出他的空心树，紧跟在彼得兔和花栗鼠条条后面，沿着孤独小路，以他最快的速度穿过树林。他可不想让他最喜欢的奶油味甜玉米让别人抢了先。

在树林边，他们遇到了臭鼬吉米。

臭鼬吉米问："你们这么急匆匆地要去哪呀？"

"去青草地上找世界上最好的东西!"花栗鼠条条、彼得兔和浣熊波比回答道,同时跑得更快了。

"世界上最好的东西——那一定是成群成群的甲壳虫!"臭鼬吉米心想。于是,有生以来,他第一次这么心急,紧跟在彼得兔、花栗鼠条条和浣熊波比后面,沿着孤独小路跑起来。

他们几个都跑得太快了,都没注意到狐狸雷迪,直到他突然从高高的草丛里跳出来,问:"你们这么急匆匆地要去哪呀?"

"去青草地上找世界上最好的东西!"花栗鼠条条、彼得兔、浣熊波比和臭鼬吉米回答道,每个人都拼命跑着。

"世界上最好的东西——那一定是一大群嫩嫩的小鹅仔!我一定要去找到它们。"狐狸雷迪心想。

所以,狐狸雷迪撒腿便跑,紧跟在彼得兔、花栗鼠条条、浣熊波比和臭鼬吉米后面,一起跑过孤独小路。

跑呀跑,他们经过土拨鼠乔尼的家。

"你们这么急匆匆地要去哪呀?"土拨鼠乔尼问。

"去青草地上找世界上最好的东西！"花栗鼠条条、彼得兔、浣熊波比、臭鼬吉米和狐狸雷迪喊道。

"世界上最好的东西，啊，世界上还有东西比我温暖的小屋，和煦的阳光和美丽的蓝天更好的东西吗？"

所以，土拨鼠乔尼待在家里，一整天都在花丛里和开心小清风们玩耍，没有比这更让他快乐的事情了。

花栗鼠条条、彼得兔、浣熊波比、臭鼬吉米和狐狸雷迪一整天都在青草地上到处跑着，想找到世界上最好的东西。太阳照得很暖和，很暖和，他们跑了很远的路，也跑得太快了，因此他们实在是太热了，太累了。但是，他们依然没有找到世界上最好的东西。

当漫长的一天结束以后，他们耷拉着脑袋，沿着孤独小路回家，经过土拨鼠乔尼的家。现在，他们都走得慢腾腾的，因为实在太累了，都跑不动了。而且，他们还很恼火——

非常恼火！花栗鼠条条连一个坚果也没找到，彼得兔连一片菜叶也没找到，浣熊波比连最小的牛奶味甜玉米也没找到，臭鼬吉米连一只甲壳虫也没找到，狐狸雷迪连一只小鹅仔的影子都没找到。他们都饿极了，饿得前胸贴后背。

沿着孤独小路走到一半的时候，他们遇到了西风老妈妈。她正打算回紫山坡背后的家呢。"你们找到世界上最好的东西了吗？"西风老妈妈问他们。

"没有！"花栗鼠条条、彼得兔、浣熊波比、臭鼬吉米和狐狸雷迪齐声喊道。

"土拨鼠乔尼已经拥有它了，"西风老妈妈说，"热爱自己拥有得，不嫉妒别人拥有的，就是世界上最好的东西——懂得满足。"

水獭小乔的滑梯

在一个阳光明媚的早上，水獭小乔和水貂比利在笑微微池塘旁边玩。他们在一起捕鱼，给水貂爷爷和失明的老水獭奶奶带回去丰盛的鳟鱼晚餐。他们和开心小清风们玩捉迷藏。他们已经把恶作剧都做了个遍，现在却不知道要干什么了。

他们紧挨着坐在大石头上，嘻嘻哈哈，打打闹闹，都想把对方推进笑微微池塘里去。红彤彤的太阳公公微笑着，把青草地晒得暖洋洋的。狐狸雷迪藏在高高的草丛里，听见他们喊呀，笑呀，扑通扑通跳进水里的声音，享受着快乐的时光。他是多么希望自己也能跳进清凉的水中，多希望自己也会游泳啊！

"我想到了！"水獭小乔喊道。

"想到了什么？"水貂比利问。

水獭小乔只是狡黠得笑了笑，没有说话。

"是吃的吗？"水貂比利问。

"不是。"水獭小乔说。

"我可不相信你有什么好主意。"水貂比利说。

"我有！那是一些好玩的东西。"

"什么呀？"水貂比利又继续问道。

正在这时候，水獭小乔一眼瞥到了麝鼠杰里。"嗨，麝鼠杰里！过来过来！"他喊道。

麝鼠杰里游过来，爬上大石头，走进水貂比利和水獭小乔。

"你们俩在这干什么呢？"麝鼠杰里问道。

"我们打算找点乐子。"水貂比利说："水獭小乔说他有个好主意，可我不知道是什么。"

"让我们做一个滑梯吧！"水獭小乔振臂高呼。

"你得告诉我们怎么做。"水貂比利说。很快，水獭小乔在岸上找到一块非常光滑的斜面，水貂比利和麝鼠杰里找来一些泥，帮水獭小乔把这些泥拍光滑，这样他们就做成了世界上最棒的滑梯了！然后，水獭小乔爬上岸，肚皮贴地，爬在滑梯的最顶端，水貂比利在后面一推，他一下子就沿着滑梯滑了下来，"嗖——扑通"一声掉进了笑微微池塘。紧接着麝鼠杰里试滑了一次，最后是水貂比利。然后他们三个又来了一遍。他们几个有时是躺着滑，有时是趴着滑，有时头朝下，有时头朝上，玩得太开心了！就连青蛙爷爷也游过来，试着滑了一下。

住在青草地上的土拨鼠乔尼听见了喧闹声，悄悄沿着孤独小路过来看看。正在山上找甲壳虫的臭鼬吉米听到了喧哗声，忘了他还没吃早餐呢！正打着盹的狐狸雷迪，也被惊醒了，赶紧跑过来看热闹。最后，彼得兔也被吸引过来了。

水獭小乔看到彼得兔过来了，大声喊他："你好，彼得兔，过来玩玩这个滑梯吧！"

彼得兔不会游泳，但他不说，却假装自己不想玩。

"我把我的游泳衣放在家里了，没带来。"彼得兔说。

"没关系。太阳公公会帮你把衣服晒干的。"水貂比利说。

"我们也会帮你把衣服吹干的。"西风老妈妈所有的开心小清风们说。

但是彼得兔依然摇摇头说不。

越来越快，越来越快，水貂比利，水獭小乔，麝鼠杰里和青蛙老爷爷一个接一个滑进水里——扑通！扑通！扑通！扑通！

彼得兔为了看得更清楚，他不知不觉一点儿一点

儿向池塘靠近，最后，他竟然走到滑梯的最顶端。水
貂比利悄悄来到他身后，非常小心不让他发现，突然
推了他一把。彼得兔脚下一滑，重重跌坐在滑梯上。
"啊啊啊！"彼得兔喊道。他想停下，但根木办不到。
他飞快地滑下去，扑通一声掉进笑微微池塘里。

"哈哈哈！"水貂比利大笑。

"嚯嚯嚯！"水獭小乔大喊。

"嘿嘿嘿！"麝鼠杰里、青蛙爷爷、松鸦萨米、臭
鼬吉米、狐狸雷迪、乌鸦黑黑和翠鸟先生齐声大笑起
来。你知道的，彼得兔经常戏弄他们。

可怜的彼得兔！池塘里的水流进他的眼睛，灌进
他的耳朵，填满他的嘴巴。他在池塘里四处乱蹬，根
本喘不上气来，更糟糕的是，他自己根本没法爬到岸
上去。你知道的，彼得兔不会游泳。

当水獭小乔看到彼得兔正经历着这么可怕的事情
时，他潜入水底，抓住彼得兔的一只长耳朵。水貂比
利也游过来，抓住他的另一只长耳朵。麝鼠杰里游到
彼得兔的正下方，托起他的背。然后青蛙老爷爷游在
前面，他们几个抬着彼得兔，把他拉到长满青草的岸

上。那里又温暖又舒服。所有的开心小清风们都聚集过来，帮助太阳公公把彼得兔吹干。

　　然后，他们坐在一起，观看水獭小乔一路翻着筋斗冲下滑梯的精彩表演。

满不在乎的鳟鱼汤米的故事

每一天，笑哈哈小溪都在荡漾，在歌唱。水里住着鳟鱼爸爸、鳟鱼妈妈和好多好多小鳟鱼。因为小鳟鱼太多啦，鳟鱼爸爸和鳟鱼妈妈整天忙个不停，给他们准备早饭，准备午饭，准备晚饭，时时刻刻留意他们，教会他们怎样游泳，怎样抓住时不时掉进水里的蠢苍蝇们，怎样避开其他饥饿的大鱼们，不让目光锐利的翠鸟先生和来钓鱼的大人、小孩们抓住。

现在，所有的小鳟鱼们都特别乖，特别在乎鳟鱼妈妈告诉他们的事情，除了鳟鱼汤米。至于鳟鱼汤米，哦，天哪，天哪！鳟鱼汤米对什么都满不在乎。每次

鳟鱼妈妈在向他说重要的事情的时候，他都心不在焉。

鳟鱼汤米并不是故意要做个坏孩子的，他只是任性散漫，但正因为他任性散漫，不听鳟鱼妈妈的话，现在世界上已经永远没有了鳟鱼汤米。哦，天哪，现在已经再也看不见他那漂亮的蓝色外套了，为什么呢？因为鳟鱼汤米对妈妈说的话满不在乎。

一天，圆圆的红彤彤的太阳公公照耀着大地，笑哈哈小溪唱着歌欢快地流向大海，鳟鱼妈妈开始忙碌起来。她要找一些美味的肥肥的苍蝇当早餐。所有的小鳟鱼们都在他们的可爱的小池子里玩。这个小池子在大石头后面，非常安全。鳟鱼妈妈告诉小鳟鱼们一定要在她身边不要走远；当她出去捕食，大家千万不要离开小池子。"如果不听话，你们就会遭遇不幸。"鳟鱼妈妈说。

除了鳟鱼汤米，所有的小鳟鱼们都答应，保证不会离开安全的小池子。他们开始开心地玩耍，追逐、跳跃，玩得不亦乐乎。除了鳟鱼汤米。

鳟鱼妈妈一离开，鳟鱼汤米就自己一个人迫不及待游向池塘边："我想知道大石头的另一边是什么。"

他边游边想。"太阳在照耀，溪流在荡漾，我只离开一点点，不会有什么可怕的事情发生的。"

就这样，谁也没有看到他，鳟鱼汤米悄悄离开了所有小鳟鱼们一起玩耍的那个小池子，向外游了一点点。但他还是看不到大石头的全貌。他又向外游了一点点。这时他几乎看到大石头的全貌了。他接着又往外游了一点点——哦，天哪，天哪！他恰恰是在一条超级大的大鱼嘴里。这条大鱼叫作梭鱼先生，他特别喜欢吃小鳟鱼，每天早餐都要吃掉一条。

"啊，哈哈！"梭鱼先生张开他的大嘴，非常大，非常大。

鳟鱼汤米赶紧调转头往回游，想游到他那可爱的

安全的小池子里去，其他的小鳟鱼们正在那里快乐地
玩耍呢，但是已经太晚了——他消失在那张大嘴深处。
梭鱼先生甚至连嚼都没嚼，就直接把他囫囵吞了进去。

"啊，哈哈。我喜欢小鳟鱼。"梭鱼先生说。

我们再也知不道鳟鱼汤米任何消息了，只知道他
什么都满不在乎。

乌龟斑斑赢了赛跑

所有居住在青草地上、笑微微池塘里和笑哈哈小溪边的小伙伴们都在度假。开心小清风们现在非常忙碌，实在是太忙碌了，他们正忙着给住在牧场上的小伙伴们捎信呢！你知道，彼得兔经常吹嘘他跑得多么多么快；狐狸雷迪却相当肯定地说，他比彼得兔跑得还快。水貂比利表示他快跑的时候简直像一道闪电，你根本看不清他是谁，确切地说彼得兔和狐狸雷迪都不如他跑得快。他们有一天在笑微微池塘边碰了面，一致同意让青蛙老爷爷判断谁跑得最快。

在青草地上，大家都认为青蛙老爷爷是最聪明最公正的。你知道的，他已经活了很久很久了，久到比任何人都活得长。正因为有因年龄而积累起来的智慧，他经常被大家要求来评判所有争论和纠纷。他坐在绿色的睡莲叶子上，水貂比利坐在大石头上，彼得兔和狐狸雷迪坐在岸上，每个人都要向他说明为什么会觉得自己是跑得最快的。青蛙老爷爷一直听，一直听，在他们三个说完之前一直一言不发。当他们三个说完了，青蛙老爷爷跳起来，吞下一只苍蝇后说："决定谁跑得快的最好办法就是进行一场赛跑。"

彼得兔、狐狸雷迪和水貂比利一致同意从青草地边缘的老胡桃树开始跑，穿过整个青草地，跑到草地另一边的小山上，每个人从长在那里的山胡桃树上摘下一颗坚果。谁第一个拿着山胡桃树的果实回到起点，谁就是冠军。开心小清风们在青草地上空飞来飞去，向大家报告比赛实况。所有的人都兴致勃勃计划去观战。

那是一个美丽的夏日。太阳公公笑呀笑，笑呀笑，他笑得越多，就越暖和。所有的人都到场观看比赛。花栗鼠条条、松鼠快乐杰克、松鸦萨米、乌鸦黑黑、猫头鹰胡迪和浣熊波比都坐在老胡桃树的树荫下，那里很凉快。土拨鼠乔尼、麝鼠杰里、臭鼬吉米、水獭小乔、青蛙爷爷，甚至蟾蜍老先生也来了。最后一个来的是乌龟斑斑。他只能慢慢走，根本不会跑步。彼得兔看到他向老胡桃树这边走过来，便大声喊："过来，过来，你想不想跟我们一起赛跑？"

每个人都大笑起来，因为他们都知道乌龟斑斑实在是太慢了，太慢了。但是乌龟斑斑没有笑，也没有生气，因为大家都在大笑着。

他说道："彼得兔，有句老话说得好：'跑得最快的人未必是第一个到达终点的人。'我觉得我也可以参加比赛。"

每个人都觉得这是他们有史以来听过的最好笑的

笑话了，就笑得更厉害了。他们最后都同意了乌龟斑斑也可以参加比赛。

紧接着，他们四个站成一排：彼得兔，狐狸雷迪，水貂比利，乌龟斑斑。

青蛙爷爷喊道："预备——跑！"

彼得兔大步大步跳出去。水貂比利紧追其后，他速度也很快，飞奔的身影就像一条灰色的闪电在高高的草丛中穿梭。跟他并驾齐驱的是狐狸雷迪。就在刚刚起跑的时候，乌龟斑斑向上伸手，紧紧抓住狐狸雷迪大尾巴梢上长长的毛。当然，狐狸雷迪没有停下来把他甩掉，因为彼得兔和水貂比利跑得很快，他必须全力以赴才能勉强追上他俩。而且，他根本不知道乌龟斑斑抓住了他的尾巴。你知道，乌龟斑斑不是很重，而且狐狸雷迪太兴奋了，压根儿没有注意到他的尾巴比平时重了一点儿。

开心小清风们为监督比赛的公平进行，飞在天上，一直跟着他们。彼得兔大步大步跳着，当他遇到灌木丛时，他就直接跳过去，因为他的腿很长，就是为跑步而生的。水貂比利特别苗条，他能从灌木丛和长草之间穿过，速度飞快，像一条灰色的闪电。狐狸雷迪呢，身材比他们两个都高大，因此赶上他们也不是问题。三个人谁都没有注意到乌龟斑斑吊在狐狸雷迪的尾巴梢上。

在小山脚下长山胡桃树的地方有一个小池塘，小池塘不是很宽，但是很长，水貂比利记得有这个地方，跑着跑着，自己便偷偷笑了。因为他知道彼得兔不会游泳，狐狸雷迪不喜欢水，因此他们两个都得绕着小池塘跑。他自己呢，游得比跑得还快呢！他越这样想，越觉得在这样一个炎热的天气下还跑这么快真是愚蠢。他想：即使他们第一个到达小池塘那里又怎样呢？他们不得不绕着小池塘跑，到时候我就可以直接游过去，边游泳边让自己凉快一下。既然这样，我敢肯定我还是第一个到达终点的。这样想着，他便不由自主放慢了脚步，渐渐落后了。

红彤彤的太阳公公，观看着这场比赛，不停地笑呀笑，笑呀笑。他越笑，天气越热。彼得兔穿着厚厚的灰色大衣，狐狸雷迪穿着厚厚的红色大衣，他们此时此刻都热得要命。彼得兔也不像刚开始跑那样大步大步跳跃了。狐狸雷迪开始口干舌燥，他甚至把舌头都吐了出来。水貂比利在他们后面看到此情此景，更觉得自己不用着急了。

彼得兔第一个到达小池塘边。当初他同意参加比赛的时候可没想到这里还有个小池塘。他停下来，坐在小池塘旁边，向前看去，山胡桃树就在小池塘的另一边。虽近在咫尺，却远在天涯。他知道自己必须绕过小池塘跑，然后再绕回来，这可是非常长，非常难熬的一段路程。正在这时，狐狸雷迪也穿过长草和灌木跑过来了。看到这个小池塘，他的内心和彼得兔一样苦不堪言。跟在他们后边的是水貂比利，他一边舒舒服服小跑一边偷笑。彼得兔愁眉苦脸地看看狐狸雷迪，狐狸雷迪也愁眉苦脸地看看彼得兔。他们都看到了跑过来的水貂比利，想起来只有水貂比利是会游泳的。

没办法，彼得兔绕着小池塘的一边开始飞奔，狐狸雷迪绕着另一边飞奔。他们都太紧张太激动了，都没有注意到扑通一声。那是乌龟斑斑放开狐狸雷迪的尾巴，跳到小池塘里的声音。他开始在小池塘里奋力向前游，别忘了，乌龟斑斑可是个超级厉害的游泳健将。游泳过程中，他仅仅有一两次伸出头来换换气，其他时间都在水下游。因此，除了开心小清风们，谁也没有看到他。游过了小池塘，他爬上岸，正好到达了山胡桃树下。

　　我们能看到山胡桃树下放着三颗坚果。乌龟斑斑把两颗带到岸边，埋在泥里。他用嘴衔起第三颗，跳进小池塘里开始往回游。当他游到另一边时，水貂比利这才刚要下水，不过他根本没看到乌龟斑斑。他把注意力都放在彼得兔和狐狸雷迪身上，他们两个才绕

小池塘跑了一半。他扑通一声跳进去。哇，水里面真是凉快啊！他根本不着急，因为他早已认定赛跑的冠军非他莫属。他在小池塘里游了一圈又一圈，甚至还追着小鱼玩，真是一种享受啊！过了一会儿，他向岸上看看，发现彼得兔这边

马上要跑完了，狐狸雷迪这边也马上要跑到终点了。他们两个看上去又累又热，还垂头丧气。

然后水貂比利慢慢游过小池塘，爬上岸，来到山胡桃树下。但是坚果在哪里呢？他左看看，右看看，还是一颗坚果也看不见，然而开心小清风们说过三颗坚果就放在山胡桃树下。水貂比利左找右找，当彼得兔和狐狸雷迪跑过来的时候，看到他正围着树跑来跑去，翻开树叶，翻开树枝甚至要把树皮都扒了。

然后，他们两个也一起在树叶底下和树皮底下仔细寻找。他们挖开草地，在每一个角落每一个裂缝里仔仔细细找，可是还是什么也找不到。他们两个又累又热又生气，质问是不是水貂比利把坚果藏起来了。水貂比利坚决否认他藏起了坚果，他也没找到坚果。彼得兔和狐狸雷迪看到水貂比利也在努力地寻找，不像是知道的样子，就相信了他。

整整一个下午，他们都到处找呀找，找呀找。整整一个下午，乌龟斑斑都在嘴里衔着坚果，不慌不忙的，慢吞吞地爬过青草地，笔直地向终点老山胡桃树爬着。太阳公公马上就要落到紫山坡后了，那是他每天晚上休息的地方。青草地上的小伙伴们也都要准备回家了。他们都想知道几位选手到底发生了什么事，为什么还不回来。这时，眼尖的松鸦萨米看到开心小清风们跳着舞穿过青草地。

"开心小清风们来啦，他们马上就能告诉我们谁赢了比赛。"松鸦萨米喊道。

开心小清风们一到达老胡桃树，所有的草地上的小伙伴们都围过来，但是开心小清风们只是笑而不语。正在这时，乌龟斑斑突然从高高的草丛中爬了出来，把坚果放到老胡桃树脚下。青蛙爷爷太惊讶了，以至于竟然让一只嗡嗡嗡叫着的苍蝇从他眼前溜走了。

"你从哪拿到的坚果？"老青蛙爷爷问他。

"我从青草地那一边的小山上的山胡桃树下拿到的。"乌龟斑斑说。

紧接着，所有的开心小清风们开始鼓掌："他做到了！他做到了！乌龟斑斑赢了比赛！"

然后他们就开始跟大家讲乌龟斑斑是如何拽着狐狸雷迪的尾巴到达小池塘的，他又是怎样藏起了其他两颗坚果的。整个下午，当彼得兔、狐狸雷迪和水貂比利在找坚果的时候，他又是如何一步一步耐心地爬回家的。

　　这就是为什么乌龟斑斑能赢得比赛。而彼得兔、狐狸雷迪和水貂比利甚至都不想再看坚果一眼了。